AF363560

IMPRIMERIE ARTISTIQUE
MENARD & CHAUFOUR
140, RUE MILTON
PARIS

22 Janvier 1902
V

2me & DERNIÈRE VENTE

LES MERCREDI 22 et JEUDI 23 JANVIER 1902

A 2 HEURES

HOTEL DROUOT, SALLE N° 7

Collection

De S. A. le Prince ABDOULLAH MIRZA

DE TÉHÉRAN

BEAUX OBJETS DE LA PERSE

Tapis anciens de Laine et de Soie

ANCIENNES FAIENCES A REFLETS MÉTALLIQUES ET AUTRES

PLAQUES DE REVETEMENT, VASES, PLATS

ARMES

BRONZES, CUIVRES, ACIERS DAMASQUINÉS & INCRUTÉS D'OR

BRODERIES, BROCARTS, VELOURS DE GÊNES

Peintures, Objets de Vitrine, etc.

Me F. LAIR DUBREUIL	**M. ARTHUR BLOCHE**
COMMISSAIRE-PRISEUR	EXPERT
Successeur de Me DUCHESNE	Près la Cour d'Appel
6, *rue de Hanovre*	*28, rue de Châteaudun, 28*

Exposition chaque jour de vente de 1 h. 1/2 à 2 heures

CONDITIONS DE LA VENTE

Elle sera faite expressément au comptant, les acquéreurs paieront *dix pour cent* en sus des enchères.

Il ne sera admis aucune réclamation une fois l'adjudication prononcée

Paris. — Imprimerie Ménard et Chaufour, 8-10 rue Milton.

DÉSIGNATION

TAPIS ANCIENS DE SOIE ET DE LAINE

1 — Beau Tapis de soie, reflet couleur.

2 — Tapis extra fin, Chiraz, couleur rose fanée.

3 — Grand tapis fond turquoise, bordure jaune.

4 — Grand tapis fond café clair. Férahan.

5 — Tapis Chiraz, dessin à raies.

6 — Petit tapis fond rouge, médaillon, souple.

7 — Petit tapis jaune avec inscription minuscule.

8 — Petit tapis vieil or, avec médaillon et angles.

9 — Deux coussins tapis.

10 — Un coussin tapis.

11 — Tapis chemin fond bleu foncé, daté 1205. Hidjry.

12 — Tapis velouté, reflet fond rouge, dessin. Minakhani.

13 — Deux portières Kilim Chauster.

14 — Une portière large.

15 — Grand Kilim, dessin bizarre.

16 — Couverture de table Kilim brodé jaune.

17 — Couverture de table Kilim brodé rouge.

18 — Quatre Kilims pour coussins.

19 — Un petit tapis Torkanon.

20 — Bande Turquenan, près de 12 mètres.

21 — Bande Turquenan, près de 12 mètres.

22 — Quatre petites bandes.

23 à 50 — Tapis de différentes dimensions, anciens, persans.

PLAQUES A REFLETS METALLIQUES ET AUTRES

51 — Grande plaque à reflet métallique, décor animal mythologique en relief, XIIIe siècle, provenant d'un portail de mosquée de Koom. Pièce rare.

52 — Plaque étoile, reflet métallique, décor sphinx.

53 — Plaque étoile, reflet métallique, avec inscription koufique.

54 — Plaque étoile, reflet métallique.

55 — Demi-plaque, reflet métallique.

56 — Demi-plaque, reflet métallique.

57 — Cinq pièces, fragments à reflet métallique.

58 — Six pièces, fragments à reflet métallique.

59 — Grande plaque étoile octogone.

60 — Grande plaque étoile octogone.

61 — Grande plaque carrée.

62 — Grande plaque carrée.

63 — Deux grandes plaques carrées.

64 — Quatre plaques étoile.

65 — Quatre plaques forme croix.

66 — Quatre plaques carrées, petites.

67 — Six plaques carrées, petites.

68 — Six plaques carrées, petites.

69 — Trois soucoupes anciennes faïence persane.

70 — Un vase à fleurs à cinq trous, faïence persane.

71 — Deux vases anciens, faïence persane.

72 — Deux vases à fleurs avec couvercle à reflet.

73 — Deux vases à fleurs, grands, à reflet.

74 — Une faïence ancienne, figure canard.

75 — Deux vases, reflet ancien.

76 — Deux vases, une théière et un bol.

77 — Deux pièces de nacre avec inscription ancienne.

78 — Une jardinière ancienne faïence à jour. Pièce rare.

79 — Pot à eau, faïence ancienne (pour soldat).

80 à 101 — Diverses autres pièces en faïence.

102 — Deux assiettes anciennes faïence persane, fond bleu.

103 — Temple en ancienne faïence persane turquoise, représentant une réunion des pagodes.

105 — Deux crachoirs ancienne faïence persane.

106 — Bol avec couvercle, ancienne faïence persane.

107 — Deux bols faïence persane à reflet.

108 — Aiguière en verre bleu, xviie siècle, fabrication de Koum. Rare.

109 — Trois vases faïence persane.

110 — Pot à fleurs ancienne faïence fond vert en relief. Très belle pièce.

111 — Deux aiguières faïence ancienne persane.

112-113 — Deux autres vases persans.

ARMES ANCIENNES, OBJETS EN ACIER, CUIVRE,

BRONZE, ETC., ETC.,

114 — Casque et brassard anciens damasquinés, incrustés d'or, xviiie siècle.

115 — Jardinière en cuivre ancien, gravé.

116 — Aiguière en cuivre ancien, gravé.

117 — Six soucoupes en cuivre ancien, gravé.

118 — Théière en étain ancien, gravé figure.

119 — Deux bols cuivre ancien, gravé.

120 — Six pièces, bols et soucoupes.

121 — Deux assiettes gravées, argentées cuivre.

122 — Trois bols cuivre gravés.

123 — Une paire ciseaux anciens en acier, incrustation d'or.

124 — Deux pistolets anciens gravés d'or.

125 — Chandelier ancien de mosquée.

126 — Petite lance ancienne à deux branches.

127 — Cotte de mailles ancienne.

128 — Couteau ancien manche agate.

129 — Deux haches.

130 — Lanterne cuivre gravé.

131 — Jardinière cuivre gravé avec couvercle.

132 — Jardinière bronze gravé.

133 — Poignard ancien, manche ivoire incrusté.

134 — Porte-faucon en fer.

135 — Deux brassards anciens.

136 — Cotte de mailles ancienne.

137 — Fusil ancien, incrustation d'or.

138 — Fusil ancien incrustation d'or.

139 — Epée ancienne.

140 — Epée ancienne.

141 — Beau bouclier ancien en rhinocéros.

142 — Arc ancien en veine de bœuf, peinture représentant des archers combattant.

143 — Hache ancienne en acier damasquiné.

144 — Poire à poudre ancienne en rhinocéros.

145-150 — Diverses armes anciennes.

151 — Pomme de bâton en acier damasquiné incrusté d'or représentant le héros Rastens.

153 — Bol ancien en acier incrusté d'or.

155 — Grand bassin cuivre avec inscription koufique xive siècle, trouvé dans les fouilles de Kom.

156 — Chandelier cuivre à sept lumières provenant du sanctuaire de Koum xiiie siècle.

158 — Bougeoir cuivre incrusté argent provenant de la mosquée de Koum.

159 — Cadre rond bronze travail à jour et gravé, images et animaux.

162 — Chandelier à l'huile cuivre, tête de bœuf incrustation d'argent, provenant d'une mosquée.

163 — Bol étain incrusté cuivre. xvie siècle, trouvé dans les fouilles de Suse.

164 — Ancien brûle-parfum de mosquée.

165 — *Basquier trepied, acier incrusté, du xive siècle.*

166 — *Bol en fer, inscription koufique, trouvé dans les fouilles de Persepolis.* xvie *siècle.*

173 — Deux cassettes, forme de bol, cuivre.

176 — Deux bols cuivre gravé argenté.

177 — Deux petits bols cuivre gravé argenté.

177 *bis* — Trois bols différents.

181 — Deux médaillons cuivre gravé, images des saints.

182 — Deux médaillons cuivre gravé, images des saints.

183 — Deux bols cuivre incrusté d'argent et gravé.

183 *bis* — Deux bols cuivre incrusté d'argent et gravé.
184 — Deux grandes boîtes cuivre incrusté d'argent et gravé.
185 — Deux bols argentés.
185 *bis* — Deux bols argentés.
186 — Trois encriers anciens, cuivre.
187 — Deux petites jardinières anciennes, cuivre.
188 — Deux chandeliers anciens, cuivre.

BRODERIES A LA MAIN

EN FIL D'OR, A JOUR, SUR TOILE, SOIE, CACHEMIRE, DRAP, ETC.
ÉTOFFES : BROCARD, GILET DE PERSE, VELOURS
VELOURS DE GÊNES,
ANCIENNE TOILE IMPRIMÉE DIT KALENKAR, ETC., ETC.

191 — *Magnifique tapis en velours rouge, richement brodé de fil d'or et d'argent avec inscription, décor oiseaux et feuillage.*
192 — Magnifique tapis en velours rouge pour panneau.
193 — Magnifique tapis en velours rouge pour grand coussin.
194 — Magnifique tapis en velours rouge pour pouff.
195 — Magnifique tapis en velours rouge pour tabouret de piano.
196 — Tapis de rescht brodé dessin joli.
197 — Pièce de meuble velours de Kachan, environ 15 mètres.
198 — Deux coussins broderie de rescht.
199 — Deux broderies sur ancienne toile.
200 — Deux broderies en fil soie très fine.

201 — Grand panneau en broderie, dessin oiseaux, etc. pièce rare, très fine.

202 — Panneau en ancien brocard.

202 *bis* — Deux couvertures de table toile imprimée.

203 — Panneau ancien velours Kachan.

204 — Panneau ancien toile dessin argenté.

205 — Tapis en broderie de rescht.

205 *bis* — Deux coussins en broderie de rescht.

206 — Deux coussins en broderie de rescht pour pouff.

206 *bis* — Panneau en ancien brocard.

207 — Châle brodé dit Silsilé, grand.

208 — Châle brodé dit Silsilé, petit.

209 — Une pièce étoffe en laine pour costume.

210 — Panneau brodé sur toile ancienne.

211 — Deux anciennes broderies très fines dites Khiaret.

212 — Brocard en tulle.

213 — Deux anciennes broderies très fines.

214 — Tulle en brocard.

215 — Deux pièces broderie et tulle.

216 — Broderie ancienne sur toile.

217 — Deux Gilets persans.

218 — Un Gilets persans très fin.

219 à 221 — Huit pièces gilets persans.

222 — Tapis pour coussin, cachemire de Kirman, fond blanc, joli dessin finement brodé.

223 — Ancienne broderie à point sur toile, finement brodée, dessin à fleurs et animaux.

224 — Dessus de pouff en ancienne broderie à point sur toile, finement brodé, dessin à fleurs et animaux.

225 — Autre gilet persan fin.

226 — Petit tapis finement brodé sur toile, avec inscription en hébreu, XVIIe siècle.

227 — Petit tapis brodé d'or et soie.

230 — Grand tapis ou panneau, cachemire de Kirman, finement brodé fond blanc, joli dessin, décor animaux et paon.

231 *bis* — Autre tapis de même travail et décor.

235 — *Pièce de brocart très rare, fil d'or et d'argent, XVe siècle, provenant de l'autel d'une mosquée d'Ispahan.*

236 — Brocart long en palmettes, servant de turban aux dames.

239 — Deux brocarts brochés dentelle, décor oiseaux.

242 — Brocart, bordure dentelle, décor oiseaux.

243 — Tapis ou panneau brocard fond rouge.

244 — Brocart, bordure rouge.

246 — *Tapis en velours de Gênes ancien, extra, fond rouge, bordure verte. XVIIe siècle.*

247 — *Tapis en velours de Gênes ancien, extra, violet foncé.*

248 — Velours ancien imitant le velours de Gênes.

249 — Velours long.

250 — Deux gilets persans.

251 — Deux gilets persans.

251 *bis* — Deux broderies sur toile et taffetas.

252 — Deux panneaux brocards.

252 *bis* — Deux autres brocards et velours de Gênes.

253 — Buvard brodé fil d'or sur velours.

254 — Tapis de prières en ancien velours de Kachan, bordé de franges.

256 — Petit tapis en velours de Kachan.

257 — Deux toiles imprimées dites Kalenkar.

258 — Deux rideaux même toile.

259 — Deux rideaux même toile.

260 — Un rideau même toile.

260 *bis* — Une toile très ancienne.

261 — Deux toiles très anciennes.

261 *bis* — Une toile très ancienne dessins oiseaux. (Rare)

262 — Une toile très ancienne dessins dorés.

262 *bis* — Deux toiles très anciennes dessins dorés.

263 — Une grande toile dessins dorés.

263 *bis* — Une grande toile dessins dorés.

264 — Deux grands rideaux.

264 *bis* — Quatre mouchoirs blancs en soie

265 — Quatre mouchoirs blancs en soie.

265 *bis* — Broderie à jours très fins sur blanc.

266 — Deux broderies de couleurs à jours.

266 *bis* — Une broderie à jour sur blanc, fine.

267-268 — Huit broderies fines à jour sur blanc.

269-270 — Sept panneaux broderie.

270 *bis* — Broderie à jours très grands sur blanc.

271-272 *bis* — Trois toiles imprimé de Kalenkar.

INSTRUMENT DE MUSIQUE

PEINTURE, OBJETS EN LAQUE ET OBJETS DIVERS

275 — Joli violon persan en marqueterie dite Retmanché.

276 — Joli tambour persan en mosaïque dite Dombelz, avec inscription.

277 — Jolie guitare persane mosaïque dite Far.

278 — Jolie guitare en mosaïque dite Sétar.

279 — Jolie lyre en mosaïque dite Santour.

280 — Tambour rond en mosaïque dite Dayré.

281 — Flûte en mosaïque dite Cvoy.

282 — Musette en mosaïque dite Zourna.

283 — Boîte à glace mosaïque.

284 — Pipe à opium, fourneau orné d'argent.

285 — Narguilé de Mazendaran avec fourneau orné de turquoises.

286 — Narguilé persan complet, fourneau orné de turquoises.

287-293 — Lots de différentes pipes en mosaïque, peinture
et bois sculpté.

294 — Deux boites à tabac, mosaïque.

301 — Ancien tableau à l'huile représentant Zohrab, roi
de Perse

302 — Ancien tableau représentant Djamchid, roi de
Perse, fondateur de Persépolis.

303 — Ancien tableau représentant Foar, roi de Perse.

304 — Ancien tableau représentant Zohrab, roi de Perse.

305 — Ancien tableau représentant Freidoum, roi de
Perse.

306 — Tableau à l'huile représentant la reine de Perse
avec ses danseuses.

307 — Dame en costume persan.

308 — Dame en costume persan.

309 — Tableau à l'huile : Khosrov Chirine.

315 — Trois feuilles d'ancien manuscrit persan sur par-
chemin. x111e siècle.

316 -- Casque de guerrier appartenant au grand Hampa
de Kurdistan.

317 — Bonnet de derviche brodé avec inscription.

318 — Deux bonnets, un châle et autre brodé à jours.

319 — Bonnet brodé fil d'or.

321 — Deux bonnets brodés de perles et brodés d'or.

324 — Paire de chaussettes brodées en soie.

325 — Deux portes-cartes brodés fil d'or.

326 — Deux portes-cartes brodés fil d'or.

327 — Deux porte-cartes pour photographie.

328 — Deux sacs brodés en soie.

329 — Deux sacs pour cartes de visite.

331 — Trois porte-monnaie brodés soie et fil d'or.

332 — Deux porte-monnaie en perles avec inscriptions et
porte-baton.

334 — Trois pelottes pour épingles.

337 — Paire de souliers Boukhara, brodé fil d'or sur velours rouge.

338 — Paire souliers cuir vert, dite saghri.

340 — Paire souliers Afghans, brodés fil d'or

342 — Vase en cuivre étamé et gravé avec inscriptions.

344 — Bassin en cuivre étamé avec couvercle finement ciselé et repoussé.

OBJETS DE VITRINE

AGATES, TALISMAN, ÉMAUX, MONNAIES ANCIENNES ETC.

351 — Boîte émail sur or très fin, images des rois et poètes avec inscription des noms.

352 — Paire de boucle d'oreilles ancien émail fin sur or, forme bizarre.

359 — Boucle d'oreilles turquoise sur or.

360 — Epingle de cravate turquoise sur or.

361 — Epingle de cravate turquoise sur or.

362 — Epingle de cravate turquoise sur or.

364 - Petite pomme pour parasol, argent orné de turquoises et grenats.

365 — Pomme en or ornée de turquoises et grenats.

367 — Deux amulettes argent montées d'agates.

368 — Deux amulettes argent gravé noir.

369 — Deux amulettes argent turquoises gravées.

370 — Deux amulettes avec œil de chat.

371 — Deux amulettes en acier incrustées d'or avec inscription et cuivre.

372 — Deux colliers en yousfre noir.

374 — Bol en jade.

375 — Médaillon en jade finement gravé, animaux et feuilles.

376 — Deux petits médaillons avec inscription.

377 — Deux pommes en agate et chedjeri.

379 — Deux pommes forme oiseau.

380 — Deux pommes noires.

381 — Six agates œil de chat.

382 — Dix grandes agates pour médaillons.

383 — Douze autres.

384 — Quatre agates finement gravées en caractère Heydarabadi.

385 — Six cachets anciens sur agates, finement gravé, écriture de Maître.

386 — Six cachets agates, figure de personnages et animaux.

387 — Quatre bagues anciennes servant de cachet.

388 — Cinq bagues anciennes.

389 — Deux médaillons en agate transparente, arbres.

390 — Deux médaillons en agate verte.

391 — Six agates transparentes pour bague.

392 — Quatre cylindres avec figures et inscriptions.

393 — Epingle de cravate en cristal de roche, inscription Koufique.

394 — Lot monnaies persanes en cuivre.

395 — Lot monnaies ancienne en cuivre en cuivre Arsacides.

398 — Lot de vingt pièces, anciennes monnaies en argent. Sassanides.

399 — Lot de vingt pièces, anciennes monnaies en argent. Sassanides.

400 — Lot de vingt pièces, anciennes monnaies en argent. Arsacides.

401 — Lot de vingt pièces, anciennes monnaies en argent. Arsacides.

402 — Lot de différentes monnaies anciennes en argent.

403 — Ancien médaillon avec inscription en hébreux avec figures roi et reine.

404 — Six pièces anciennes médailles d'or, dont trois mogole, byzantine et romaine.

405 — Six coquetiers émail.

406 — Boîte à poudre de riz ornée de turquoises et grenats.

406 *bis* — Boîte à poudre de riz ornée de turquoises et grenats.

407 — Boîte à poudre de riz, ornée de turquoises et grenats.

407 *bis* — Boîte à poudre de riz ornée de turquoises et grenats.

408 — Boîte à poudre de riz émaillée.

408 *bis* — Boîte à poudre de riz émaillée.

409 — Boîte à poudre de riz en acier incrusté d'or.

409 *bis* — Boîte à poudre de riz en acier incrusté d'or.

410 — Boîte à poudre de riz en acier incrusté d'or.

410 *bis* — Boîte à poudre de riz en acier incrusté d'or.

413 — Porte-allumettes en acier incrusté d'or.

414 — Bougeoir orné de turquoises et grenats.

414 *bis* — Bougeoir orné de turquoises et grenats.

419 — Bouclier rhinocéros.

421 — Cotte de mailles ancienne.

424 — Pistolet, canon ancien incrusté d'or.

425 — Sébille de derviche.

426 — Lot ancien, monnaie en caractère.

427 — Trois monnaies, ornées de turquoises.

428-430 — Trois lots monnaies en argent.

431-435 — Lots monnaies à caractères.

436-437 — Fouets, manches argent.

438-439 — Sept cuillers à sorbet en bois sculpté.

440 — Deux cadres mosaïques.

441 — Sac de chasse en cuir brodé.

42 — Deux verres en bois (loupe).

442 *bis* — Un bois sculpté très ancien à caractère.

443 — Boîte à poudre ancienne en cuivre.

444 — Coco d'Inde sculpté d'image.

445 à 447 — Ancien manuscrit persan.

448 — Ancien manuscrit Hafiz.

449 — Ancien manuscrit Koran.

450 — Deux souliers persans.

451 à 454 — Quarante cartes à jouer en laque.

455-456 — Douze peignes en bois parfumé.

457 — Deux cornes.

458 — Selle de cheval, ancienne peinture.

459 à 463 — Mignatures sur ivoire, très fines.

PARIS
IMPRIMERIE ARTISTIQUE MÉNARD ET CHAUFOUR
8-10 — Rue Milton — 8-10

www.ingramcontent.com/pod-product-compliance
Lightning Source LLC
LaVergne TN
LVHW011504170726
843501LV00009B/3589